AF357755

1883. 26 Novembre

686 Chambre des Commissaires-Priseurs
Envoi à la Bibliothèque Nationale

CATALOGUE

(N° 21)

DE

42 TABLEAUX

ANCIENS

PARMI LESQUELS

PLUSIEURS BEAUX PORTRAITS

ESTAMPES, DESSINS

7 Albums Dessins d'architecture, de Caldési

MINIATURES

Pastels, Marbres, Médailles, Cadres en bois sculpté
et Objets de curiosité

LIVRES A FIGURES

Principalement sur la Botanique et la Médecine

PROVENANT D'UN AMATEUR

———

VENTE

HOTEL DROUOT — SALLE N° 7

Le Lundi 26 Novembre 1883

A DEUX HEURES

———

EXPOSITION PUBLIQUE DES TABLEAUX

Le Dimanche 25 Novembre, de deux heures à cinq heures.

Mᶜ Maurice **DELESTRE** | **M. DUPONT** aîné
COMMISᵉ-PRISEUR | MARCHAND D'ESTAMPES
Rue Drouot, n° 27 | Rue de Seine, n° 21

PARIS — 1883

CONDITIONS DE LA VENTE

—

Elle sera faite au comptant.

Les Acquéreurs paieront cinq pour cent en sus des adjudications, applicables aux frais.

Pour les Tableaux et Dessins, nous avons suivi les attributions de l'Amateur.

Les Livres devront être collationnés sur place dans les vingt-quatre heures de l'adjudication; passé ce délai. ils ne seront repris pour aucune cause.

ORDRE DE LA VACATION

—

DÉSIGNATION

TABLEAUX

ANONYME

1 — Vierge bysantine.

Bois. H. 0ᵐ13. L. 0ᵐ10. Cadre italien sculpté.

BLOCKLAND (Ant.)

2 — Portrait du Bourreau du duc d'Albe.

Toile. H. 0ᵐ99. L. 0ᵐ71.

BOILLY (L.)

3 — La Toilette du petit chien.

Bois. H. 0ᵐ22. L. 0ᵐ17.

BOUCHER (Fr.)

4 — Portrait d'une jeune dame, avec des fleurs autour du corsage et appuyée sur un coussin.

Toile. H. 0ᵐ82. L. 0ᵐ65. Très joli tableau.

5 — Portrait de Mᵐᵉ de Genlis, en buste.

Toile. H. 0ᵐ56. L. 0ᵐ47, ovale.

CHAMPAGNE (Ph. de)

6 — Portrait de Louise-Adélaïde d'Orléans, abbesse de Chelles.

Toile. H. 0m80. L. 0m64.

CHARDIN

7 — Portrait d'homme, en buste.

Toile. H. 0m60. L. 0m49.

CORTONE (P. de)

8 — Portrait de Jean Rhodius, célèbre médecin.

Toile. H. 1m. L. 0m82.

DE TROY (Attribué à)

9 — Portrait de la duchesse d'Orléans, mère de Philippe-Égalité, à mi-corps, tenant une pomme dans la main droite.

Toile. H. 0m91. L. 0m74.

ÉCOLE FRANÇAISE

10 — Trophée d'armures, en forme de frise, pour dessus de porte.

Toile. L. 1m47. L. 0m49.

11 — Portrait d'une jeune princesse de l'époque de la Régence, à mi-corps.

Toile. H. 0m73. L. 0m58.

12 — Portrait d'un peintre en miniature.

Toile. H. 0m80. L. 0m65. Très beau portrait.

ÉCOLE FRANÇAISE

13 — Portrait de la duchesse de Montausier.

Toile. H. 0m60. L. 0m48. Ovale, cadre en bois sculpté.

14 — Portrait de Mlle Garnier l'aînée, du théâtre de la Foire, en buste.

Toile. H. 0m41. L. 0m31.

15 — Portrait de Charles Hector, comte d'Estaing.

Toile. H. 0m54. L. 0m45. Ovale.

16 — Portrait d'une jeune fille, en buste, coiffée d'un mouchoir.

Toile. H. 0m39. L. 0m29.

GÉRARD (F.)

17 — Portrait de la reine Caroline de Naples.

Toile. H. 0m80. L. 0m64.

GREUZE (J.-B.)

18 — Portrait de Tartini, musicien, tenant un violon.

Toile. H. 0m54. L. 0m45. Ovale.

19 — Portrait d'Étienne Jeaurat.

Toile. H. 0m67. L. 0m50. Ovale.

INCONNU

20 — Portrait du grand Condé, avec une cuirasse, tenant le bâton de commandement.

Toile. H. 0m80. L. 0m64.

INCONNU

21 — Portrait d'un soldat assis et coiffé d'un chapeau.
Toile. H. 0^m90. L. 0^m69.

22 — Nature morte; Instruments de musique.
Deux panneaux sur toile. L. 1^m30. H. 0^m94.

23 — Poissons et Coquillages.
Bois. L. 0^m42. H. 0^m25.

LA TOUR

24 — Portrait de Mme Du Barry, à mi-corps, peint au pastel.
Toile. H. 0^m70. L. 0^m59.

PORBUS

25 — Portrait d'homme, à mi-corps; æt. 26, anno 1622.
Bois. H. 0^m89. L. 0^m69.

26 — Portrait de Charles-Quint, étant enfant.
Bois. H. 0^m56. L. 0^m40.

PORBUS (École de)

27 — Portrait d'une jeune femme; æt. 20, 1612.
Bois. H. 1^m. L. 0^m74.

POUSSIN (N.)

28 — Moïse sauvé des eaux.
Toile. L. 0^m70. H. 0^m48. Ancien cadre italien.

POUSSIN (N.)

29 — Hermaphrodite.

Toile. H. 1ᵐ. L. 0ᵐ79.

PRUDHON

30 — Portrait d'une jeune femme assise et écrivant.

Toile. H. 1ᵐ05. L. 0ᵐ37. Très beau tableau.

31 — Jeunes Enfants jouant avec un Lapin.

Toile. H. 0ᵐ55. L. 0ᵐ46.

ROBERT-LEFÈVRE

32 — Portrait du général de Belle.

Toile. H. 0ᵐ82. L. 0ᵐ66.

RUBENS ET J. BREUGHEL

33 — Moïse sauvé des eaux. Figures de Rubens, paysage par Breughel.

Toile. L. 1ᵐ53. H. 1ᵐ19. Très beau tableau, dans le plus parfait état de conservation.

RUYSDAEL (J.)

34 — Paysage : entrée d'un Village.

Bois. L. 0ᵐ45. H. 0ᵐ33.

SANTERRE

35 — Portrait d'une jeune femme en costume vénitien, tenant un livre.

Toile. H. 0ᵐ82. L. 0ᵐ65. Très joli tableau.

TÉNIERS

36 — Pêcheurs au bord de la mer.
Cuivre. H. 0^m18. L. 0^m14.

TOCQUÉ (Attribué à)

37 — Portrait d'homme, en buste.
Toile. H. 0^m54. L. 0^m42.

VAN DYCK

38 — Portrait de Dona Altimire de Gusman.
Bois. H. 0^m81. L. 0^m63. Signé : A. V. Dyck, f. 1635
Cadre sculpté. Ce tableau a été retouché anciennement, mais avec beaucoup de talent.

VAN DYCK (École de)

39 — Portrait d'une jeune dame.
Bois. L. 0^m20. H. 0^m16.

VAN LOO

40 — Portrait d'une princesse russe.
Toile. H. 0^m70. L. 0^m63. Cadre en bois sculpté.

41 — Portrait de Philippe-Égalité, étant jeune.
Toile. H. 0^m81. L. 0^m65. Cadre sculpté.

VÉLASQUEZ (Attribué à)

42 — Son portrait, en buste.
Toile. H. 0^m74. L. 0^m60. Cadre sculpté.

43 — Un Lot de tableaux et études peintes.

ESTAMPES

44 Alix. Jean de La Bruyère. Belle ép. en couleur.

45 Bellangé. Album de lithographies de différentes suites. 33 pièces.

46 Callot. Un Album contenant 443 gravures de Callot et Della Bella. — Misères de la guerre, les Balli, Fantaisies. les Apôtres, Lux Claustri. Nouveau Testament, les Gueux, la Vie de l'Enfant prodigue, la Noblesse, etc., la plupart de réimpression déjà ancienne.

47 Callot. Séb. **Leclerc**, etc. Sujets divers. 60 pièces.

48 *Caricatures politiques* et autres, de 1830 à 1848. 73 pièces coloriées et en noir.

49 Carrache (Aug.). Portrait du Titien. Contre-épreuve.

50 Cars (Laurent). P. Prault. — Michel Ange Slodtz, d'après Cochin. 2 pièces, belles ép.

51 Cathelin. Portraits des douze Césars, d'après le Titien, in-8. 12 pièces, toutes marges.

52 Chapuy. Cours de la Saône. Cahier de vingt-six vues lithographiées, par Lauters. 1 cahier in-4.

53 Charlet. Lithographies diverses, croquis à la plume. 32 pièces.

54 Cochin (D'après). Vignettes tirées de l'Histoire de France, in-8. 17 pièces.

55 *Costumes militaires*, par Eug. Lami, Bellangé, etc. 49 pièces, la plupart coloriées.

56 Daullé (J.). Pierre Moreau de Maupertuis. d'après Tournière. Belle ép.

57 Delpech (Chez). Iconographie des contemporains. 145 portraits in-fol. avec fac-similes d'autographes.

58 Drevet (P.). Antoine Arnauld, d'après Champagne. Belle ép.

59 **Henriquez** (B.-L.). Diderot. — J.-B. Target.
2 pièces.

60 **Leclerc** (Séb.). La grande Galerie de Versailles. —
Lit de Justice. — Sièges et Batailles. 14 pièces,
belles ép.

61 **Lemire** (N.). Le général Washington, d'après Le
Paon. Belle ép.

62 **Le Roy** et **Simonet.** Frontispice de « Les quatre
Heures de la toilette des dames ». — Frontispice des
OEuvres d'Ovide, d'après Quéverdo. 2 pièces, toutes
marges.

63 **Lingée** (Mme). J.-B. Bréval, violoncelle, d'après
Moreau le jeune. Belle ép.

64 **Mécou.** Marie-Louise, impératrice. — Napoléon-
François, d'après Isabey. 2 pièces, toutes marges.

65 **Méryon** (Ch.). La Morgue (Ph. B. 50). Très belle ép.
avant la lettre, avec le nom de Méryon et l'adresse
de l'imprimeur, toute marge.

66 — L'Abside de Notre-Dame (52). Très belle ép. avant
la lettre, avec le nom et l'adresse de l'imprimeur,
toute marge.

67 **Monnier** (Henry). Les Politiques. — Les Sauveurs
de la France. — L'Apothicaire. 7 pièces coloriées.

68 **Nanteuil**. Guillaume de Lamoignon (R. D. 119),
1er état, rogn. — Denis Marin (R. D. 170). 2 pièces.

69 **Née**. La Chambre du cœur de Voltaire, d'ap. Duché.
Belle ép.

70 **Pfnor.** Monographie du château d'Heidelberg.
14 planches et texte.

71 **Révolution.** Portraits et sujets de l'époque de la
Révolution. 11 pièces.

72 **Roullet**. Henri, marquis de Béringhen, d'après
Mignard. Belle ép.

73 **Saint-Aubin** (Aug.). Laurent Cars. — J.-J. Cassanéa
de Mondonville, d'après Cochin. 2 pièces, belles ép.

74 **Saint-Aubin**. Jérôme de Lalande. 2 épreuves, toutes
marges.

75 **Schenker**. Portrait de Mme de Lamballe. Ép. coloriée, rogn. à l'ovale.

76 **Vanloo** (D'après). Mlle d'Oligny, actrice, par J.-J. Huber, in-fol. Belle ép., toute marge.

77 **Watson**, M^c **Ardell**, etc. Claude de Régnier, comte de Guerchy. — Ch. Erskine — et un portrait, d'après Hogarth. 3 pièces.

78 — Plusieurs lots de Gravures diverses et Lithographies, Portraits anciens et modernes, Vues, etc.

DESSINS

79 BOISSELIER. Vues d'Italie, treize pièces, dont sept à l'aquarelle.

80 CALDESI. Sept Albums, contenant 421 dessins d'architecture, intérieur de palais, décors de théâtre, vues, etc.; à la plume lavés de sépia, 7 vol. in-fol. obl. demi-rel.

81 CARICATURES POLITIQUES italiennes, sur la Révolution de 1848, à Rome et à Venise. 38 dessins à la mine de plomb. Ont été gravés.

82 CHARDIN. Portrait de Mlle Perrache, de Lyon, en buste. Très joli dessin à la sanguine.

83 FLERS. Paysage ; laveuses au bord d'un étang. Très beau dessin à la pierre noire rehaussé d'aquarelle. Signé.

84 GIGOUX (G.) Dessins originaux de vignettes pour une édition de Gil Blas. Douze très jolis dessins à la plume et à la sépia, in-8°. Ont été gravés.

85 GUYOT. Batailles. 4 dessins à la mine de plomb.

86 LAMB (Caroline). Les Funérailles de l'amour. Joli dessin à l'aquarelle.

87 LEBRUN (Mme Vigée). Portrait de Mme Roland. Joli dessin aux trois crayons.

88 LORENTZ (A.) Grenadier et Voltigeur. Beau dessin à l'aquarelle. Signé.

89 MEYER (A.) Scène de la Saint-Barthélemy. Beau dessin à la pierre noire rehaussé de blanc.

90 PORTRAITS d'hommes et de femmes, dessinés à la pierre noire, à l'encre de Chine et à l'aquarelle, 18 pièces.

91 PUJOS. Portrait d'homme. Joli dessin à la pierre noire rehaussé de pastel.

92 REDOUTÉ. Perce neiges. Deux dessins à l'aquarelle.

93 TOURCATY. Portraits de Pauline et Elisa Bonaparte. Deux jolis dessins à l'encre de chine.

94 VANLOO. Portrait de M. le prince de Croy d'Auray. Très joli dessin à la sanguine.

95 — Un Album, contenant environ 60 dessins de marines et figures, attribués à Joseph Vernet, au crayon lavés d'encre de chine et d'aquarelle.

96 — Un Album, contenant 42 dessins de sujets et paysages, à la sépia, à l'aquarelle et à la mine de plomb, in-4° obl., rel. v., tr. dor.

97 — Plusieurs autres Albums de dessins et croquis.

98 — Dessins en lots.

————

MINIATURES

PASTELS, MARBRES, MÉDAILLES ET OBJETS DIVERS

99 — Plusieurs Miniatures, portraits d'hommes et de femmes de l'époque de la Révolution, de l'Empire et de la Restauration.

100 — Fruits. Deux très beaux pastels, de Chardin. Signés, 1765. Sous verres.

101 — Portrait de Mlle Journet, danseuse à l'Opéra, en buste. Dessin au pastel. Encad.

102 — Plusieurs lots de Médailles grecques, romaines, médailles modernes, médailles en plomb de la Révolution de 1848, etc.

103 — Un Cadre doré, époque Louis XIV, de 12 centimètres de large, mesurant 0^m96 sur 0^m77, en très bon état.

104 — Un Cadre époque Louis XV, sculpté non doré, en 8 centimètres de large, mesure 0^m62 sur 0^m54.

105 — Un Cadre en poirier, époque Louis XVI, ovale, orné de fleurs et de carquois, h. 0^m35, l. 0^m26. Très joli petit cadre, en parfait état.

106 — Un lot de cadres dorés pour tableaux et pour glaces.

107 — La flagellation. Christ en croix. Deux marbres blancs gothiques, ayant fait partie d'un Chemin de Croix, h. 0^m41, larg. 0^m29.

108 — Six bustes d'Empereurs romains, en marbre blanc, de 0^m20 de haut.

109 — Un Pot à Eau et sa Cuvette en cuivre émaillé, en Japon, fleurs sur fond bleu. La cuvette est ancienne. Très belle pièce.

110 — Six Soucoupes en Japon vieux.

111 — Deux Vases à fleurs en porcelaine avec peintures, Sujets de l'époque romantique, sur les deux faces, de 0^m60 de haut.

112 — Une Épée, époque Louis XV, en métal blanc.

113 — Une paire d'Éperons mexicains, anciens.

114 — Un Carillon ancien.

115 — Une Machine pneumatique.

116 — Une Table console en stuc noir, orné de fleurs et d'oiseaux, avec pieds en chêne sculpté, à têtes de nègres, époque Louis XIV.

LIVRES

117 — Cosmographie en allemand, par Sébastien Munster. Bâle, Heinrich Pétrina, 1578. 1 fort vol. in-f°, rel., bois, nombreuses vues de France et étrangères, et bois dans le texte.

118 — La Caricature provisoire; 1 vol. in-fol., 1838, fig. dans le texte, et autres hors texte, par Gavarni, Daumier, Henry Monnier, etc.

119 — Nouveau Traité d'Anatomie, par Tortebat, exécuté dans le genre du crayon, par T. Leclère; à Paris, chez Jean; 1 vol. in-4°, demi-rel., v. planches.

120 — Études d'Anatomie à l'usage des peintres, par Charles Monnet, gravées par Demarteau; 1 vol. in-4°, demi-rel., v. 42 pl. impr. sanguine.

121 — Anatomie de l'Homme ou description et figures lithographiées de toutes les parties du corps humain, par Jules Cloquet. Paris, impr. de C. de Lasteyrie, 1821; 5 tomes en 3 vol. gr. in-fol., demi-rel., v. fig.

122 — Mémoires pour servir à l'histoire des plantes, dressés par M. Dodart. A Paris, de l'imprimerie royale, 1676; 1 vol. gr. in-fol., maroq. plein., tr. dor., fig. aux armes.

123 — Novæ hollandiæ plantarum spécimen, auctore Jacobo Juliano Labillardière. Paris, Huzard, 1804; 1 vol. in-4°, demi rel., chagrin. Collection des *Dessins originaux*, par Poiteau et Turpin, à la mine de plomb, lavis d'encre et d'aquarelle.

124 — Voyage autour du monde exécuté par ordre du roi pendant les années 1822 à 1825, par L.-J. Duperrey. Histoire naturelle, zoologie. Atlas. Paris, Arthus Bertrand, 1826; 1 fort vol., gr. in-fol., demi-rel. chagr., pl. color.

125 — Traité des Arbres fruitiers de Duhamel du Monceau, par A. Poiteau et P.-J.-F. Turpin. Paris, F.-G. Levrault, 1835; 6 vol. gr. in-fol., demi-rel., chagr. pl. color.

126 — Dictionnaire des Sciences naturelles. Paris, Levrault, 1816-1830; 72 vol. in-8°, v., fauve dos et c., dont douze de planches color.

127 — Voyage botanique dans le midi de l'Espagne, par Edmond Boissier. Paris, Gide et Cie, 1839-45; 2 vol. in-4°, demi-rel., chag., pl. color.

128 — Album universel des Eaux minérales des bains de mer et des stations d'hiver. Paris, 1864; 1 vol. gr. in-4°, demi-rel. v., fig.

129 — Les Amours pastorales de Daphnis et Chloé. édition enrichie des planches originales de Philippe d'Orléans, régent. Paris, chez Debarle. 1796; 1 vol. in-8°, demi-rel., fig.

130 — Histoire amoureuse de Pierre Le Long et de Blanche Bazu. Londres, 1768; 1 vol. in-12, rel., v. tr. marb., fig.

131 — Histoire des Rats, pour servir à l'histoire universelle. Ratopolis. 1737; 1 vol. in-12, demi-rel., fig.

132 — Les Illustres Français ou Tableaux historiques des Grands Hommes de la France, par M. Ponce. d'après les dessins de Marillier; 1 vol. in-fol.. cart , 26 fig.

133 — Galerie Giustiniani ou Catalogue des tableaux de cette célèbre galerie, rédigé par Landon. Paris. chez l'auteur, 1812; 1 vol. in-8°, demi-rel., non rog., pl. au trait.

134 — La Correctionnelle, études de mœurs populaires au XIXe siècle, accompagnées de cent dessins de Gavarni. Paris, Martinon, 1840; 1 vol. in-4°. demi-rel.

135 — OEuvres choisies de Gavarni, 520 dessins avec leurs légendes. Paris, Hetzel et Blanchard, 1857 ; 1 vol. in-fol., demi-rel., dos et c., tr. dorée.

136 — La Légende du Juif-Errant, par Gustave Doré. Paris, Michel Lévy, 1856 ; 1 vol. gr. in-fol. cartonné.

137 — L'Autographe, 1864-1865 ; 1 album cart., un br. et plusieurs livraisons.

138 — Catalogue d'une belle collection de tableaux, dessins, miniatures et estampes composant le cabinet de M. Saint, peintre en miniature, par Defer, 1846 ; 1 vol. in-8°, demi-rel., parch., interfol. (prix et noms des acquéreurs) ; avec une lettre autographe de M. Saint.

139 — Catalogue de tableaux des grands maîtres, composant le cabinet de M. Carrier, élève de Prud'hon, rédigé par T. Thoré, 1846 ; 1 vol. in-8°., demi-rel. parch. (avec les prix). On y a joint un billet autographe de M. Carrier.

140 — Un lot de Catalogues de ventes de tableaux et d'estampes, Salamanca, Th. Rousseau, Gavard, Guichardot, etc.

Vᵉ Renou, Maulde et Cock, imprs de la Compagnie des Commissaires-Priseurs, rue de Rivoli, 144.   42735

www.ingramcontent.com/pod-product-compliance
Lightning Source LLC
LaVergne TN
LVHW021921180726
843502LV00008B/3196